AF305887

16 mars 1914

OBJETS D'ART

ET DE HAUTE CURIOSITÉ

DU MOYEN AGE, DE LA RENAISSANCE

ET AUTRES

Provenant de la liquidation de l'ancienne Société SELIGMANN

Deuxième Vente.

OBJETS D'ART

ET DE HAUTE CURIOSITÉ

DU MOYEN AGE, DE LA RENAISSANCE

ET AUTRES

Provenant de la liquidation de l'ancienne Société SELIGMANN

DEUXIÈME VENTE

CONDITIONS DE LA VENTE

Elle sera faite au comptant.

Les acquéreurs paieront *dix pour cent* en sus des enchères.

Paris. — Imp. Georges Petit, 12, rue Godot-de-Mauroi. — 23572-14.

CATALOGUE

DES

OBJETS D'ART

ET DE HAUTE CURIOSITÉ

DU MOYEN AGE, DE LA RENAISSANCE ET AUTRES

Faïences Orientales et Italiennes

TERRES EMAILLÉES DES ROBBIA

Émaux champlevés et peints de Limoges

IVOIRES, ORFÉVRERIE, BIJOUX, VITRAUX, BOIS SCULPTÉS, PIERRES, MARBRES

BRONZES ITALIENS

TAPISSERIES FLAMANDES

TAPIS

MEUBLES — VITRINES

Provenant de la liquidation de l'ancienne Société SELIGMANN

ET DONT LA VENTE AURA LIEU A PARIS

GALERIE GEORGES PETIT, 8, rue de Sèze

Les Lundi 16 et Mardi 17 Mars 1914, à 2 heures

COMMISSAIRES-PRISEURS

Mᶜ F. LAIR-DUBREUIL | M HENRI BAUDOIN
6, rue Favart, 6 | 10, rue de la Grange-Batelière, 10

EXPERTS

MM. MANNHEIM | M. HENRI LEMAN
7, rue Saint-Georges, 7 | 37, rue Laffitte, 37

EXPOSITIONS

PARTICULIÈRE : *Le Samedi 14 Mars 1914, de 1 heure 1/2 à 6 heures.*
PUBLIQUE : *Le Dimanche 15 Mars 1914, de 1 heure 1/2 à 6 heures.*

ORDRE DES VACATIONS

Le Lundi 16 Mars 1914

Faïences. . . . . 1 à 34
Terres émaillées des Robbia. . . . . 35 à 39
Ivoires . . . . 40 à 47
Émaux champlevés . . . . 48 à 60
Émaux peints . . . . 61 à 85
Orfèvrerie . . . . 86 à 100
Bijoux . . . . 101 à 111
Cristaux de roche . . . . 112 à 117
Objets variés . . . . 118 à 128

Le Mardi 17 Mars 1914

Vitraux . . . . 129 à 151
Bois sculptés . . . . 152 à 166
Sculptures . . . . 167 à 178
Bronzes. . . . . 179 à 206
Meubles. . . . . 207 à 215
Tapisseries, Vitrines . . . . 216 à 240

Objets d'Art et de Haute Curiosité

FAIENCES

1 — PLAT ovale en ancienne faïence de Bernard Palissy,
présentant Diane couchée auprès du cerf et accompagnée
de deux chiens. Fond de paysage. Chute feuillagée.
Revers jaspé.

Grand diamètre, 45 cent.

2 — CRUCHE en ancienne faïence de Rhodes, décorée de
réserves en spirale, alternativement bleues et blanches, et
chargées de fleurs et de feuilles.

Haut., 30 cent.

3 — PLAT creux à bord légèrement festonné, en ancienne
faïence de Damas, décoré de grappes de raisin et de fleurs.
Marli vermiculé. Le tout en bleu et vert.

Diam., 42 cent.

4 — PLAT creux à bord légèrement festonné, en ancienne
faïence de Damas, présentant, au fond, des œillets et des
pivoines en bleu-lapis, bleu-turquoise, violet et vert, sur
fond blanc. Marli vermiculé.
Revers à fleurs.

Diam., 37 cent.

5 — **Deux grands plats** en ancienne faïence de Faenza, à
décor dit berettino. Au fond, un écusson d'armoiries polychrome timbré d'un casque ayant pour cimier un lion
issant, surmonté de la devise : *Va integro*. A la chute, des
rinceaux. Au marli, des grotesques.
Revers chargés de cercles concentriques bleus.

Diam., 38 cent.

6 — **Plat** en ancienne faïence de Faenza, présentant, en plein,
deux forgerons dans leur atelier.
Au revers, une multitude de cercles concentriques en
bleu et orange.

Diam., 28 cent.

7 — **Cornet** de pharmacie, décoré d'un lion, d'un escargot et
d'une inscription en lettres gothiques. Ancienne faïence de
Faenza.

Haut., 19 cent.

8 — **Coupe** sur piédouche, en ancienne faïence de Faenza,
décorée, au fond, d'un médaillon à carrelages, avec la date :
1548. Aux pourtours, intérieur et extérieur, des rinceaux.

Diam., 34 cent.

9 — **Vase** ovoïde, en faïence de Faenza du commencement
du xvɪe siècle, décoré de deux oiseaux inscrits dans une
couronne de feuillages, et de larges rinceaux en manganèse,
bleu, vert et jaune.

Haut., 35 cent.

10 — **Deux aiguières** de pharmacie, en ancienne faïence de
Faenza, décorées chacune de deux bustes de personnages
placés de part et d'autre du déversoir, ce dernier simulant
une tête de dragon.

Haut., 26 cent.

10

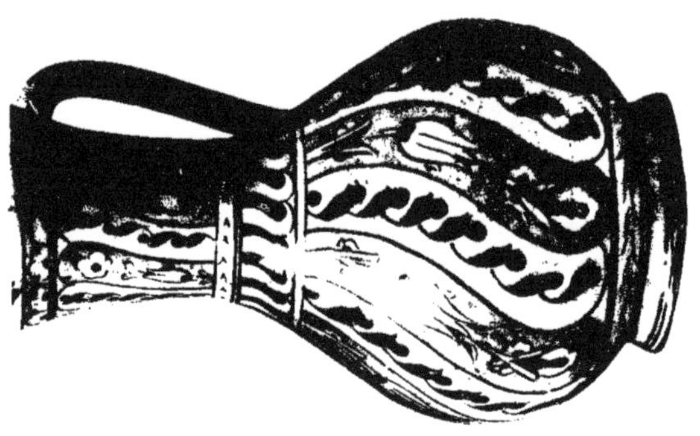

8

10

13

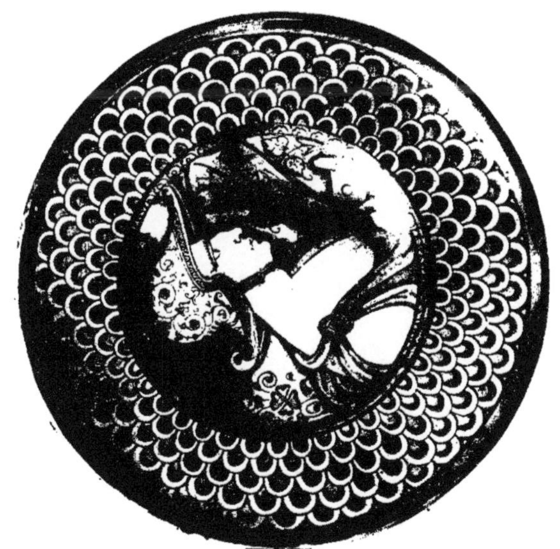

11

11 — — Plat creux, en ancienne faïence de Deruta, décor en bleu
et à reflets métalliques jaune chamois. Au fond, un buste de
guerrier casqué, avec l'inscription : *il gran Ponpeio*. Marli
à imbrications.

Diam. 31 cent.

12 — Plateau d'aiguière en ancienne faïence de Deruta, décor
bleu et à reflets métalliques jaune chamois. Sur l'ombilic,
un saint moine en prières. Alentour, des compartiments
d'imbrications et de fleurons alternés.

Diam. 30 cent.

13 — Plat creux, en ancienne faïence de Deruta, décor en bleu
et à reflets métalliques jaune chamois. Au fond, une femme
vue à mi-corps, représentée de profil, avec une banderole
chargée d'une inscription : *la Cristofana bella*. Marli chargé
de compartiments d'imbrications.

Diam. 32 cent.

14 — Coupe en ancienne faïence de Gubbio, décor bleu, avec
rehauts de vert et de reflets métalliques. Au fond, une figure
de paysan. Alentour, des godrons en relief.

Diam. 21 cent.

15 — Coupe en ancienne faïence de Gubbio, à décor bleu et à
reflets métalliques. Au fond, une figure de saint Jérôme. Au
marli, des fruits en relief.

Diam. 22 cent.

16 — Petite coupe en ancienne faïence de Gubbio, à décor
bleu et à reflets métalliques. Au fond, un cœur percé d'une
flèche et d'une épée. A la chute, des feuilles en relief.

Diam. 19 cent.

17 — Petite coupe en ancienne faïence de Gubbio, décorée en
bleu avec rehaut de reflets métalliques. Au fond, figure de
saint Jean-Baptiste à mi-corps. A la chute, des feuilles.

Diam. 17 cent.

2

18 — COUPE en ancienne faïence de Gubbio, décor bleu, vert
et à reflets métalliques. Au fond, une figure de saint Roch.
Alentour, huit mascarons réunis par des feuilles.

Diam., 26 cent.

19 — COUPE en ancienne faïence de Gubbio, à décor bleu et à
reflets métalliques. Au fond, une figure de saint personnage.
Alentour, des godrons en relief.

Diam., 24 cent.

20 — PLAT en ancienne faïence de Castel-Durante. Il présente,
au centre, un amour nu, debout, dans un paysage et, au
marli, des trophées d'instruments de musique et d'attributs
variés en couleurs sur fond bleu, chargé de rinceaux blancs.

Diam., 245 millim.

21 — GRAND PLAT en ancienne faïence de Castel-Durante,
rehaussée de reflets métalliques à Gubbio. Au fond, un
amour tenant un arc et une flèche. Au marli, des trophées
d'armes en grisaille sur fond bleu.

Diam., 35 cent.

22 — DEUX PLAQUES rectangulaires en ancienne faïence d'Urbino,
présentant, l'une, l'Enlèvement des Sabines ; l'autre, Diogène
et Alexandre.

Haut., 31 cent.; larg., 27 cent.

Cadre en bois sculpté.

23 — PLATEAU D'AIGUIÈRE en ancienne faïence d'Urbino, décoré,
sur l'ombilic, d'une figure de femme accompagnée d'un
oiseau, et, alentour, de figures allégoriques, oiseaux, etc.,
sur fond blanc. Chute à feuillages sur champ noir. Marli
chargé d'animaux et d'amours.

Diam., 45 cent.

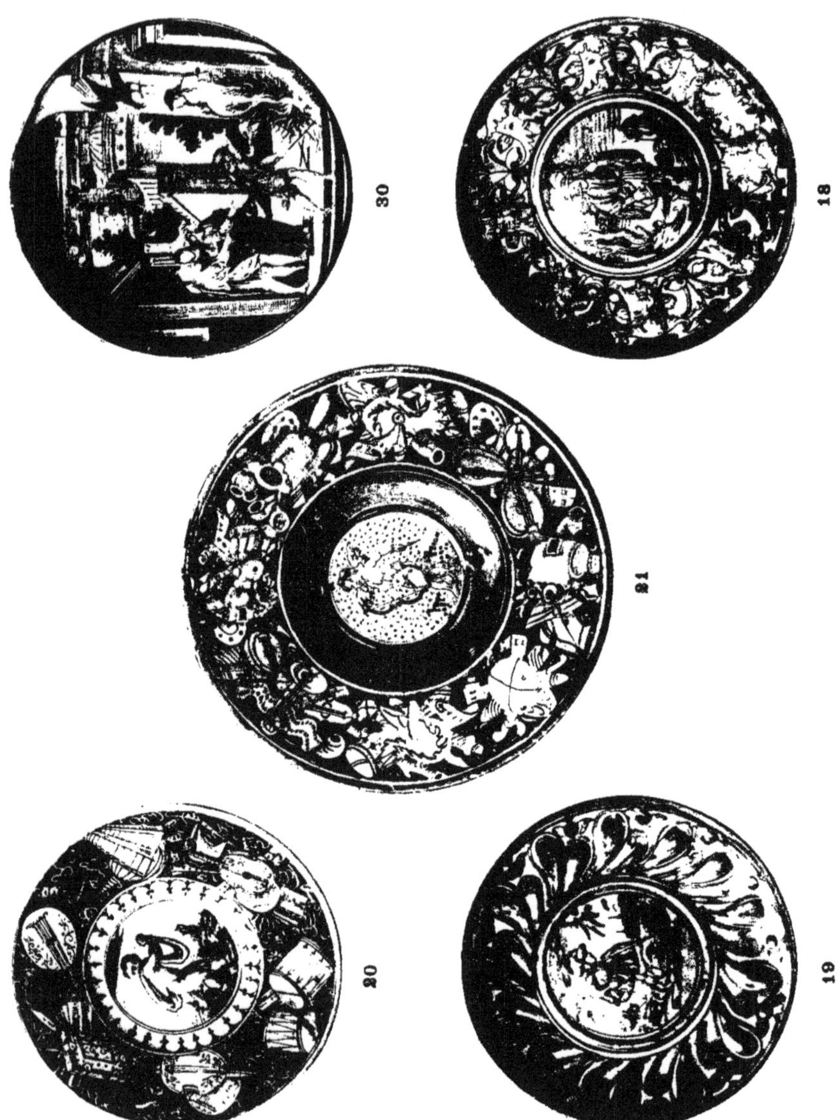

24 — **Plat** creux en ancienne faïence d'Urbino, atelier des
Fontana. Il présente, au fond, l'Adoration des Rois Mages.
composition de nombreux personnages sur fond d'habitations. Le marli et la chute sont ornés de grotesques et
d'animaux.

Diam.. 45 cent.

Collection Spitzer.

25 — **Vasque** trilobée en ancienne faïence d'Urbino, présentant.
intérieurement, de nombreux personnages occupés à la
pêche. Le pourtour est décoré de paysages avec cours d'eau.
Elle est munie de trois anses à mascarons et repose sur
un piédouche à trois griffes de lions.

Diam.. 52 cent.

26 — **Grande vasque** trilobée en ancienne faïence d'Urbino.
décorée, intérieurement, de trois compositions, présentant :
le Jugement de Pâris, une assemblée des fleuves et des dieux.
et le char du soleil. Le pourtour est orné de paysages.
Elle est munie de trois anses mascarons et son pied est
formé de trois griffes de lions accolées.

Larg . 50 cent.

27 — **Plat** creux en ancienne faïence d'Urbino. présentant. en
plein, le triomphe de Galathée. composition de nombreux
personnages, chevaux marins. etc.. avec vue de ville au fond
et amours à la partie supérieure.

Diam.. 36 cent.

28 — **Plat** creux en ancienne faïence d'Urbino : le cheval de
Troie, composition à nombreux personnages. Au second
plan, la ville de Troie.

Diam.. 32 cent.

29 — **Plat** en ancienne faïence d'Urbino. par Fra Xanto. composition relative à Alcyone et écusson d'armoiries d'or à la
scie d'azur posée en pal: au revers, la légende. les initiales
de l'artiste et la date : *1535*.

Diam.. 25 cent.

3o — Coupe en ancienne faïence d'Urbino, rehaussée de reflets
    métalliques, à Gubbio. Elle présente un groupe de person-
    nages assistant au supplice d'une femme brûlant sur un
    bûcher. Au-dessus d'elle, un oiseau. Fond d'habitations.
       Au revers, des rinceaux jaune chamois et rouge rubis.

Diam., 26 cent.

3i — Plat en ancienne faïence de Pesaro, atelier de Jironimo,
    à composition tirée de l'histoire de Judith et Holopherne,
    avec combat au premier plan. Fond de paysage.
       Au revers, la légende suivie de la signature : *Fatto in
    Pesaro in Bottega de Mestro Jironimo,* et la date : *1542.*

Diam., 37 cent.

32 — Plat en ancienne faïence hispano-mauresque, à décor
    rayonnant.
       Au revers, un aigle aux ailes éployées.

Diam., 43 cent.

33 — Grande amphore en ancienne terre vernissée allemande,
    atelier de Hirschvogel. Elle est ornée de deux zones super-
    posées d'arcades, abritant chacune un groupe allégorique à
    la Charité. Ces zones sont limitées par des bandes chargées
    de fleurettes. Les fonds sont alternativement verts et jaunes.
    Elle est munie de deux anses sur l'épaulement.

Haut., 64 cent.

34 — Cruche en ancienne terre de Kreussen, présentant le
    Christ en croix, la Vierge et saint Jean.
       A la partie inférieure, une inscription et la date : *1687.*
    Couvercle en étain.

Haut., 25 cent.

35

TERRES ÉMAILLÉES DES ROBBIA

35 — HAUT-RELIEF, cintré du haut, en terre émaillée, par Andrea Della Robbia, présentant la Vierge assise, vêtue de long et voilée, tenant sur le genou droit l'Enfant Jésus nu, debout, un fruit à la main. Elle est placée dans une niche ornée de dix têtes de chérubins, avec le Saint-Esprit au milieu d'eux. Large bordure chargée de fruits et de feuilles. Soubassement décoré d'une frise de figures alternant avec des fleurons.

Haut., 1 m. 23 ; larg., 90 cent.

36 — GRAND MÉDAILLON rond en terre émaillée de l'atelier des Robbia, xvie siècle, présentant un buste d'empereur romain, émaillé blanc en haut-relief et se détachant sur un fond à cannelures rayonnantes émaillé bleu.

Encadré.

Diamètre total, 78 cent.

37 — GRAND HAUT-RELIEF cintré en terre émaillée de la suite des Robbia, présentant le Christ au Mont des Oliviers. Composition de nombreux personnages sur fond de paysage, avec angelots tenant la croix dans le ciel.

Encadrement à pilastres chargés de bouquets de fruits et de fleurs, avec écussons d'armoiries et mascaron.

Haut., 2 m. 65 ; larg., 1 m. 75.

38 — STATUETTE en terre émaillée blanc, atelier des Robbia, xvie siècle, représentant saint Laurent debout, tenant un gril de la main gauche et une palme de la main droite.

Haut., 80 cent.

39 — STATUE, petite nature, en terre émaillée de l'atelier des Robbia, présentant un personnage debout, vêtu à l'antique et tenant de la main gauche un livre. Émaux bleus, jaunes, violets, verts et blancs.

Haut., 1 m. 15.

IVOIRES

40 — PLAQUE de reliure en ivoire sculpté, présentant le Christ
en croix ayant à ses côtés la Vierge et saint Jean. Au-dessus
des bras de la croix, deux angelots vus à mi-corps. Époque
romane.

Elle est montée sur une âme de bois et bordée de cuivre.

Hauteur de la plaque, 13 cent. 1/2 ; larg., 11 cent.

41 — GRAND VOLET de diptyque en ivoire sculpté, orné du Christ
en croix entouré de la Vierge, de saint Jean, de deux saintes
femmes et de saint Joseph d'Arimathie, le tout disposé sous
une arcade gothique surmontée de deux rosaces. France,
XIV° siècle.

Haut., 20 cent.; larg., 1 m. 15.

42 — DIPTYQUE en ivoire sculpté. Chacun des deux volets est
divisé en deux registres, contenant : le Calvaire, l'Adoration
des Rois Mages, le Couronnement de la Vierge, l'Annonciation et la Visitation, le tout disposé sous des arcatures
gothiques. Travail français, XIV° siècle.

Haut., 147 millim.; largeur ouvert, 160 millim.

43 — HANAP avec couvercle, en ivoire sculpté, présentant, en
haut-relief, un combat de style antique. Le reste de la pièce
est chargé de trophées. Anse composée d'une cariatide. Fin
du XVI° siècle.

Monture en argent doré.

Haut., 14 cent.

44 — STATUETTE en ivoire sculpté, représentant une muse
debout, drapée à l'antique. Fin du XVI° siècle.

Socle en bois noir.

Haut., 38 cent.

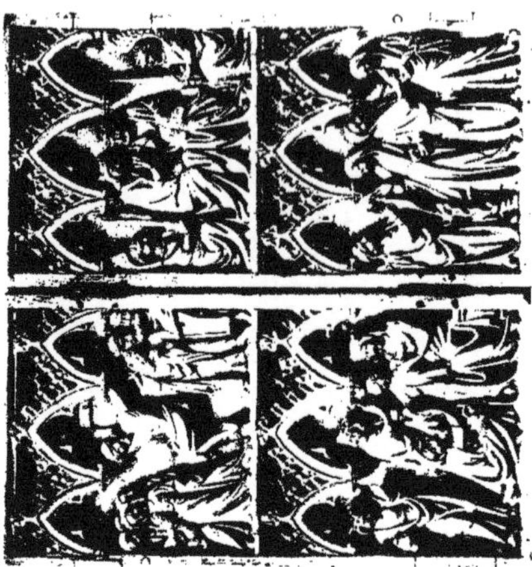

42

41

40

45 — STATUETTE en ivoire sculpté, représentant l'Enfant Jésus
nu, debout, bénissant. Travail espagnol de la fin du
xviᵉ siècle.
Socle en bois noir.

Haut., 30 cent.

46 — CROSSE en ivoire sculpté à volute, terminée par une tête
de dragon et décorée de brindilles gravées et peintes. Ancien
travail espagnol.

Haut., 20 cent.

47 — CYLINDRE astronomique, en ivoire gravé, avec couvercle.
Monture et bouton de couvercle en forme de figurine en
argent doré : la bordure du cylindre présente les signes du
Zodiaque. Travail allemand du xviᵉ siècle.

Haut., 26 cent.

ÉMAUX CHAMPLEVÉS

48 — DEUX PETITES PLAQUES quadrilobées, en cuivre champlevé
et émaillé. Elles présentent, chacune, quatre médaillons à
fleurettes sur fond d'or, disposés autour d'une rosace cen-
trale. Le tout sur fond bleu. Travail rhénan, xiiⁱᵉ siècle.

Larg., 7 cent.

49 — CROSSE en cuivre champlevé et émaillé de Limoges,
xiiⁱᵉ siècle. La volute présente un groupe à deux personnages figurant l'Annonciation. Le nœud est décoré de basilics
ciselés et ajourés, et la douille est ornée de rinceaux gravés.

Haut., 30 cent.

50 — CIBOIRE en cuivre champlevé, émaillé et gravé. Limoges,
xiiⁱᵉ siècle. La coupe hémisphérique est ornée de compositions à personnages gravés et réservés sur fond d'émail.
Le pied, de forme hexagonale, présente la Nativité, l'Adoration des Rois Mages, l'Annonciation et la Visitation.

Hauteur totale, 35 cent.

51 — Chasse en cuivre champlevé, gravé et émaillé. Limoges,
xiiiᵉ siècle. Elle est ornée sur toutes ses faces de médaillons
circulaires contenant des anges vus à mi-corps, ailés et
nimbés, gravés et réservés sur fond d'émail bleu turquoise.
Entre ces médaillons, des rinceaux gravés et dorés.

Hauteur totale, 14 cent.; larg., 19 cent.

52 — Chasse en cuivre champlevé, gravé et émaillé de Limoges,
xiiiᵉ siècle, présentant, sur la face principale, le Martyre
de Thomas Becket et, au-dessus, le Christ de pitié inscrit
dans un médaillon, soutenu par deux anges ailés. Le revers
est décoré de quadrillés polychromes et, sur les pignons, de
deux figures de saints personnages debout, drapés et nimbés.
Émaux en couleurs sur fond bleu lapis.

Hauteur totale, 17 cent.; larg., 14 cent.

53 — Petite chasse en cuivre champlevé, gravé et émaillé de
Limoges, xiiiᵉ siècle. Elle est ornée, sur la face principale,
de six figures rapportées et inscrites dans des médaillons
polylobés, à émaux bleu foncé avec disques en émaux polychromes. Entre ces médaillons sont les symboles des évangélistes et des palmettes. Au revers, une plaque à carrelages
décorée de quartefeuilles. Sur les pignons, de saints personnages réservés et gravés sur fond d'émail.

Haut., 13 cent.; larg., 14 cent.

54 — Petite chasse en cuivre champlevé, gravé et émaillé de
Limoges, xiiiᵉ siècle. Elle est ornée, sur la face, le revers et
chacun des côtés, de médaillons circulaires présentant des
figures d'anges à mi-corps, réservés et gravés sur fond d'émail
vert et bleu lapis.

Haut., 12 cent.; larg., 16 cent.

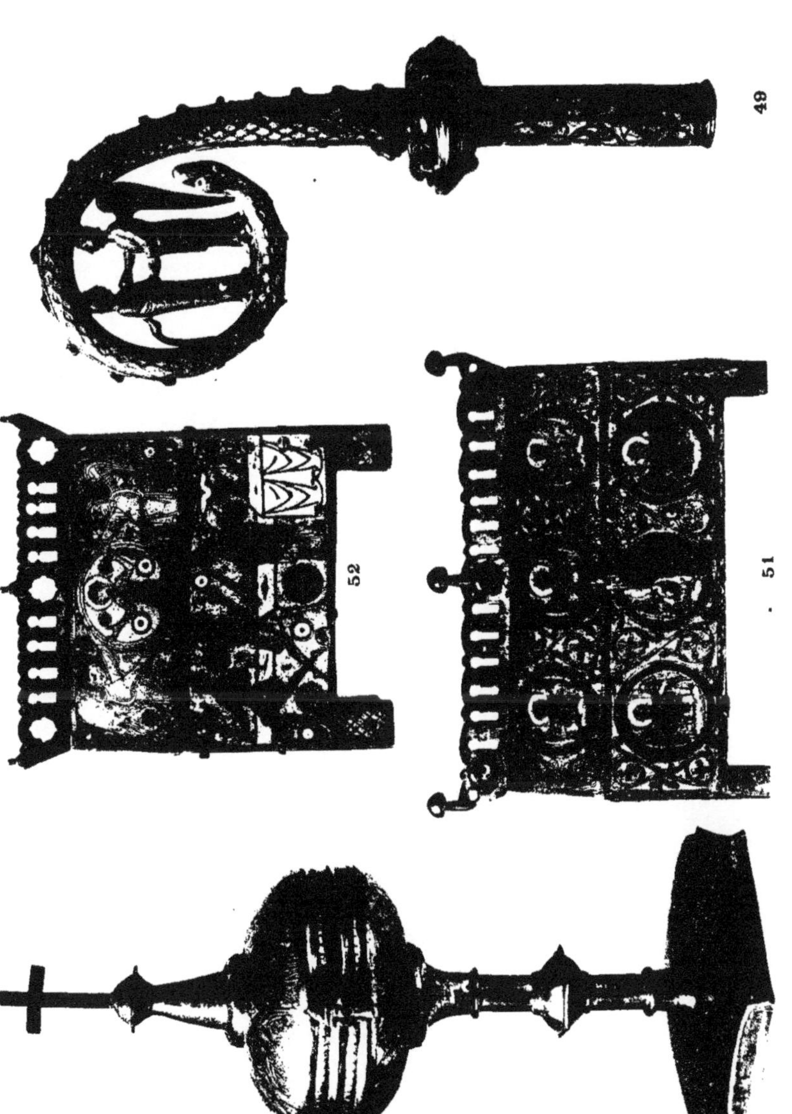
49
52
51
50

55 — Ciboire en cuivre champlevé et émaillé de Limoges,
xiiiᵉ siècle. Le couvercle de la coupe hémisphérique est
orné de quatre médaillons à sujets tirés de la Vie du Christ.
réservés et gravés sur fond d'émail rouge. La coupe est
décorée de quatre médaillons présentant le monogramme du
Christ, réservé et gravé sur fond d'émail rouge. Ces médaillons sont réunis entre eux par des rinceaux. Ce ciboire
repose sur une tige à nœud, portée par une base hexagonale à sujets saints à personnages.

Hauteur totale, 32 cent.

56 — Encensoir en cuivre champlevé et émaillé de Limoges.
xiiiᵉ siècle. Le récipient est orné de quatre médaillons circulaires, présentant des anges à mi-corps. réservés et gravés sur
fond d'émail bleu et rouge. Le couvercle. en forme de clo-
cheton ajouré, est également orné de médaillons à bustes
d'anges et de compartiments échiquetés.

Haut., 18 cent.

57 — Plaque de chasse, de forme rectangulaire. en cuivre
champlevé et émaillé de Limoges. xiiiᵉ siècle. Elle présente le
Christ en croix, entre la Vierge et saint Jean et quatre autres
saints personnages, gravés et réservés sur fond d'émail bleu
lapis à fleurettes et rosaces polychromes.

Haut.. 13 cent.; larg.. 23 cent.

58 — Croix plate. en cuivre champlevé et émaillé de Limoges.
xiiiᵉ siècle. Elle est ornée de rosaces polychromes sur fond
bleu lapis. Un Christ en cuivre gravé est appliqué sur la
croix.

Haut., 27 cent.

59 — Plaque rectangulaire, en cuivre champlevé et émaillé de
Limoges, xiiiᵉ siècle, présentant, sur un fond bleu chargé de
fleurettes, le Christ crucifié entre la Vierge et saint Jean.
avec deux angelots au-dessus des bras de la croix. Au pied
de la croix, Adam sortant de sa tombe. Les corps de ces
personnages sont réservés en cuivre, les têtes sont en relief.

Haut.. 23 cent.; larg., 12 cent.

3

60 — CHASSE en forme de maison, en cuivre champlevé et
émaillé de Limoges, xiiie siècle, ornée, sur toutes ses faces,
d'angelots vus à mi-corps, inscrits dans des médaillons à
fond bleu turquoise. Des rinceaux séparent ces médaillons
et se détachent sur fond émaillé gros bleu.

Haut., 20 cent.; larg., 22 cent.

ÉMAUX PEINTS

61 — TRÈS IMPORTANT PLAT ovale en émail peint en couleurs.
avec rehauts de dorure et paillons, par *Jean Courtoys*.
Limoges. xvie siècle. Signé : *I. C.* Il présente le Sacrifice
d'Iphigénie, d'après Polydore de Caravage. composition
gravée par *N. Beatrizet*. Iphigénie est représentée à genoux.
tandis qu'un aigle enlève l'épée de l'exécuteur. L'autel est
dressé au milieu de la composition. Le grand prêtre y verse
de l'huile coulant d'une aiguière. pendant que sa main tourne
les pages d'un livre porté par un enfant. Une foule nombreuse
accourt. émerveillée par ce prodige. Fond de paysage avec
habitations, ruines et petit temple en forme de rotonde.

La chute est chargée de rinceaux et le marli de médaillons
contenant des bustes. des chimères. des mascarons, des
feuilles, des fleurs et des pierreries simulées. Le revers.
émaillé en grisaille avec tons de chair. offre un très large
cartouche composé de cariatides. d'animaux fantastiques et
de rinceaux avec l'initiale C.

Grand diamètre, 550 millim.; petit diamètre, 410 millim.

Anciennes collections Carrand et Antony de Rothschild. Un plat
semblable. désigné comme appartenant à feu Sir Antony de Rothschild.
est gravé dans *les Arts au Moyen-Age*, par du Sommerard. 7e série.
planche 22.

62 — PLAQUE rectangulaire en émail peint en couleurs, avec
points d'émail saillants. Atelier de Nardon Pénicaud.
Limoges, commencement du xvie siècle. Elle présente
l'Adoration des Rois Mages, composition de cinq personnages sur fond d'architecture.

Haut., 150 millim.; larg., 125 millim.

67

63

63

63 — Deux plaques rectangulaires en émail peint en grisaille.
Atelier des Pénicaud. Limoges, xvi⁶ siècle. Elles présentent.
chacune, un combat de cavaliers de style antique.

Haut., 80 millim ; larg., 92 millim.

64 — Deux plaques découpées en émail peint en grisaille avec
tons de chair. Atelier des Pénicaud. Limoges, xvi⁶ siècle.
Elles présentent : l'une. l'Arrestation du Christ: l'autre, le
Portement de croix.

Haut., 10 cent.
Largeur de chaque, 9 cent. 1/2.

Dans un même cadre en bois doré.

65 — Plaque rectangulaire en émail peint en couleurs. Atelier
de Léonard Limosin. Limoges, xvi⁶ siècle. Elle présente une
scène de chasse. avec cavalier au premier plan.

Haut., 13 cent.; larg., 20 cent.

Cadre en bois doré et émail.

66 — Grande plaque rectangulaire en émail peint en couleurs.
Atelier de Léonard Limosin. Limoges, xvi⁶ siècle. Elle
présente la mort d'Actéon. Fond de paysage.

Hauteur de la plaque, 19 cent.; larg., 24 cent.

Cadre en bois doré et émail.

67 — Plaque rectangulaire. en largeur. en émail peint en
couleurs. Atelier de Léonard Limosin. Limoges. xvi⁶ siècle.
Elle présente des cavaliers armés à l'antique chassant le lion.

Haut., 75 millim.; larg., 150 millim.

Cadre en bronze et émail.

68 — Plaque rectangulaire. en largeur. en émail peint en
couleurs. Atelier de Léonard Limosin. Limoges. xvi⁶ siècle.
Elle présente le Jugement de Paris. Fond de paysage avec
monuments.

Hauteur de la plaque, 18 cent.; larg., 30 cent.

Encadrée.

69 — Plaque ronde en émail peint en grisaille. Limoges,
xvie siècle, par *Couly Noylier*. Elle présente Hercule domp-
tant le taureau de Crète, avec l'inscription : *Hercules suis*.

Diamètre de la plaque, 23 cent.

Cadre en bois doré et émail.

70 — Plaque rectangulaire surmontée d'un fronton, en émail
peint en grisaille avec tons de chair. La plaque présente
l'Ensevelissement du Christ. Au fronton, deux anges tenant
les attributs de la Passion. Par **Martin Didier**, dit **Pape**.
Limoges, xvie siècle.

Hauteur totale, 33 cent.; larg., 17 cent.

Encadrée.

71 — Six assiettes en émail peint en grisaille avec tons de
chair, par *Pierre Reymond*; signées des initiales avec la date :
1564. Limoges, xvie siècle. Elles figurent chacune une allégorie d'un mois de l'année : la chasse, la tonte des moutons, la
mort du porc, la moisson, le foyer, la récolte du bois mort.
Bordures de rinceaux.

Revers orné d'un cartouche inscrivant un buste de style
antique.

Diam., 195 millim.

72 — Coupe ronde sur piédouche, en émail peint en grisaille,
par *Pierre Reymond*. Limoges, xvie siècle. Jethro, prêtre de
Madian, donne des conseils à Moïse (Exode, chap. XVIII).

Au revers, un large cartouche chargé de mascarons et
d'animaux.

Signée des initiales et datée : *1571*.

Diam., 277 millim.

73 — Plaque ovale en émail peint en couleurs, par **Pierre
Courteys**. Limoges, xvie siècle. Portrait de personnage barbu
vu en buste, vêtu de noir, avec col blanc rabattu. Fond bleu.
Au revers, les initiales : *P. C.*

Grand diamètre du portrait, 145 millim.; petit diamètre, 110 millim

Cadre en cuivre et émail.

72

68

74 — Six assiettes en émail peint en grisaille sur fond bleu.
atelier de Pierre Courteys. Elles présentent chacune un
sujet allégorique avec légende en français.

   Au revers de chacune, un buste avec légende au milieu
d'un cartouche.

Diam., 18 cent.

75 — Plaque de miroir de forme ovale en émail peint en couleurs, atelier de Jean de Court. Limoges, xvie siècle : Vénus
et la mort d'Adonis.

   Au revers, un miroir. Bordure d'argent.

Grand diamètre. 85 millim.; larg., 65 millim.

76 — Plaque de miroir octogonale en émail peint en couleurs.
Limoges, xvie siècle. Orphée debout faisant de la musique.

   Au revers, un miroir.

Haut., 85 millim.; larg., 70 millim.

77 — Coffret rectangulaire orné de cinq plaques, en émail
peint en couleurs sur fond rouge. Limoges, xvie siècle. Elles
présentent chacune des jeux d'enfants avec légende française.

   Monture en bronze doré de l'époque, enrichie de figu-
rines-appliques.

Haut., 130 millim.; largeur totale. 210 millim.; prof., 135 millim.

78 — Petite plaque rectangulaire, en émail peint en grisaille
avec tons de chair. Limoges, xvie siècle. L'Assomption. composition de six personnages.

Haut., 145 millim.; larg., 100 millim.

79 — Plaque ronde en émail peint en couleurs. Limoges.
xvie siècle. Elle présente Hector monté sur un cheval au
galop, avec l'inscription : *Hector Troïanus.*

Diamètre de la plaque, 225 millim.

   Cadre en bois doré et émail.

80 — PLAQUE rectangulaire en émail peint en grisaille avec tons
de chair. Limoges, xvɪᵉ siècle. Elle présente la figure allégorique de la Dialectique, entourée de six enfants nus debout.

Haut., 225 millim.; larg., 165 millim.

Cadre en bois doré et émail.

81 — SALIÈRE de forme ronde en émail peint en grisaille.
Limoges, xvɪᵉ siècle. Elle présente, sur le pourtour, les Tra-
vaux d'Hercule. A l'intérieur du saleron, un buste d'homme
casqué.

Haut., 10 cent.

82 — COFFRET rectangulaire, orné de cinq plaques en émail
peint en grisaille. Limoges, xvɪᵉ siècle. Les trois plus
grandes présentent des sujets tirés de la légende de Phaéton
et celles des extrémités, des animaux dans la campagne.
Monture en bronze doré.

Haut., 125 millim.; larg., 200 millim.; prof., 135 millim.

83 — SALIÈRE ronde, en émail peint en grisaille. Limoges,
xvɪᵉ siècle. Elle présente, au pourtour, une composition
relative à Diane et Actéon. Dans l'intérieur du saleron, un
buste d'homme casqué.

Haut., 8 cent.

84 — COFFRET rectangulaire, à couvercle bombé, en émail
peint en couleurs, Limoges, fin du xvɪᵉ siècle. Le couvercle
est orné de menus rinceaux dorés et de fleurettes polychromes sur fond noir. Les plaques du pourtour présentent
les bustes des apôtres dans des médaillons ovales. Monture
en bronze doré.

Haut., 105 millim.; larg., 180 millim.; prof., 105 millim.

85 — CIBOIRE en émail de Venise. Il est orné de rinceaux dorés,
rehaussés de points d'émail rouges et blancs sur fond bleu
et vert. xvɪᵉ siècle.

Haut., 22 cent.

75

84

76

83

82

81

ORFÈVRERIE

86 — IMPORTANT CALICE en argent doré, sur pied polylobé,
décoré de nombreux émaux translucides sur argent, présentant des sujets saints. La tige offre la signature : *Tondinus
E. Andreia me fecit*. Travail italien de la fin du xive siècle.

Haut., 21 cent.

87 — CROIX processionnelle, revêtue d'argent repoussé et
décorée de médaillons en émail translucide sur argent.
Elle présente, d'un côté, le Christ crucifié entre la Vierge
et saint Jean, avec deux anges tenant des phylactères en
haut et en bas. Sur l'autre face, les symboles de trois
évangélistes, avec le Christ de gloire au milieu d'eux.
xve siècle.

Hauteur totale, 60 cent.

88 — CROIX processionnelle, revêtue d'argent repoussé, à extrémités fleuronnées. Elle est ornée de grosses fleurs bordées
d'engrélures et enrichies d'émaux translucides sur argent,
présentant les symboles des évangélistes. Travail espagnol,
de la fin du xve siècle.
   Pied en bois.

Haut., 60 cent.

89 — VASE avec couvercle, formé d'une noix de coco sculptée,
à sujet tiré de l'histoire de Moïse. Monture en argent doré,
composée d'une base feuillagée, de frettes chargées de
médailles simulées et d'une collerette gravée. Le couvercle
est godronné et présente sur son revers un buste d'homme
barbu ; sous le pied, un écusson d'armoiries et la date :
1532. Travail allemand du xvie siècle.

Haut., 21 cent.

90 — Important bocal avec couvercle, composé d'une noix
de coco sculptée, montée argent doré. La noix de coco
présente trois compositions à nombreux personnages. Le
couvercle est orné de mascarons alternant avec des oves,
et le pied est formé d'un tronc d'arbre qu'entaille un
bûcheron. Travail de Cologne. Poinçon de *Gillis Sibricht.*
Fin du xvie siècle.

Haut., 355 millim.

91 — Gobelet avec couvercle et sur pied en argent partiellement doré, enrichi de fleurettes émaillées. Le pied est
formé d'une figurine d'enfant tenant une palme. Travail
allemand du commencement du xviie siècle.

Haut., 28 cent.

92 — Nef en argent gravé et doré. Cette nef est montée par
trois personnages, dont l'un tient un étendard. Dans les
haubans, grimpent deux matelots. La voile de la nef est
gonflée par le vent. Pied accosté de trois volutes et dressé
sur une base ovale simulant les flots. Travail de Nuremberg,
commencement du xviie siècle. Poinçon de *Tobias Wolff,*
maître en 1604.

Haut., 41 cent.

93 — Deux statuettes en argent, représentant les chasseurs à
la lanterne, debout, tenant d'une main une lanterne et de
l'autre une batte. Ils sont vêtus d'une culotte, d'une tunique
pour l'un, d'une chemisette pour l'autre, et font mine
d'avancer avec précaution. Travail allemand du xviie siècle.
Sur la tête d'un des chasseurs, un monogramme gravé.

Haut., 26 et 30 cent.

94 — Petite écritoire en argent gravé et doré, à paysage.
La base est ornée de draperies et de mascarons. Le couvercle
à recouvrement présente également des paysages. Il est surmonté d'une figurine de mendiant estropié en coque de
perles et émail. Allemagne, xviie siècle. (Dans une petite
vitrine et dans son écrin.)

Hauteur de l'encrier, 10 cent.

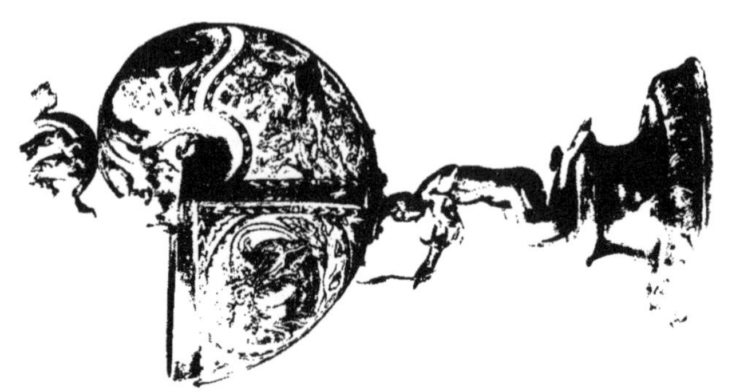

99

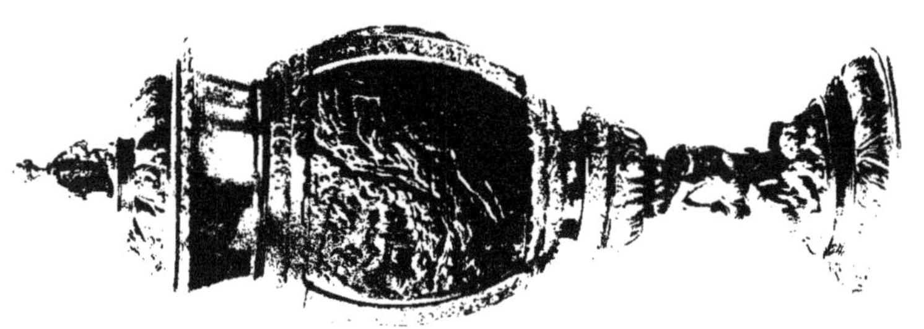

90

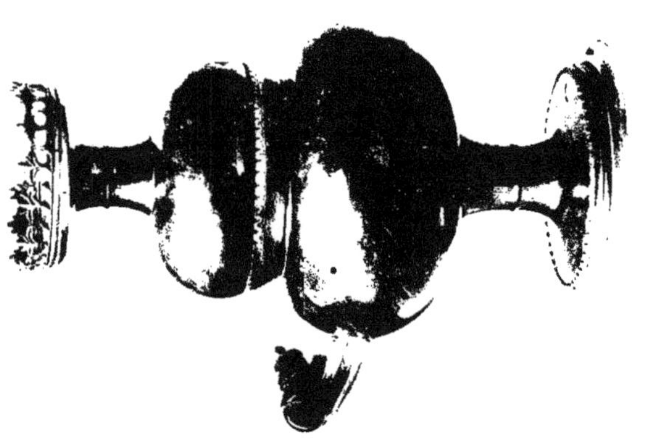

120

95 — HANAP avec couvercle, en argent repoussé et partiellement doré, présentant, sur le pourtour, une bacchanale, sur le couvercle des enfants jouant. Le bouton du couvercle simule un petit bacchant. Anse ornée d'une cariatide. Travail d'Augsbourg, poinçon de la famille *Petters*. xvii° siècle.

Haut., 30 cent.

96 — NAUTILE formé d'une coquille, monture d'argent à engrélures. Il repose sur un pied simulant un triton sortant des flots. Travail allemand du xvii° siècle.

Haut., 25 cent.

97 — HANAP avec couvercle, en argent repoussé et doré, à décor de médaillons contenant des animaux et réunis par des coupes de fruits surmontées d'oiseaux. Sur le couvercle, une figurine de personnage en armure, s'appuyant sur deux écussons.

Au revers du couvercle, des initiales et la date : *1620*. Travail de Ratisbonne, xvii° siècle. Poinçon du maître **Simon Pissinger**.

Haut., 15 cent.

98 — GRAND BAISER DE PAIX en argent ciselé, en forme de monument à fronton et colonnettes, abritant un calvaire et deux saints armés de l'épée. Sur le fronton, quatre anges, dont deux portent un cartouche. Sur le soubassement, la date : *1620*.

Le revers, gravé, présente une armoirie et l'inscription : *Franc. Cassina*. Poignée en forme de cariatide, offrant le même écusson que le revers. Italie, xvii° siècle.

Haut., 25 cent.

99 — NAUTILE formé d'une coquille, gravée à sujet d'animaux et grosses fleurs. Monture en argent repoussé, gravé et doré, composée d'une bordure, d'un enfant sur un cheval marin et de feuillages. Le pied est formé d'une néréide dressée sur une base ovale, bordée de coquilles et de rinceaux. Travail d'Augsbourg, fin du xvii° siècle. Poinçon de *Elias Adam*.

Haut., 30 cent.

4

100 — Hanap avec couvercle, en argent partiellement doré. Sur
le pourtour, Persée et Andromède. Sur le couvercle, un
sujet mythologique. Anse contournée.

Au revers du couvercle, écusson d'armoiries avec
inscription. Travail allemand, fin du xviie siècle.

Haut., 17 cent.

BIJOUX

101 — Important collier, composé de onze maillons et de trois
pendeloques exécutés en or ajouré et partiellement émaillé,
avec cabochons de pierres de couleur et perles. La décoration consiste en rinceaux, volutes, trophées d'attributs de
l'Amour, bonne foi, tourterelles affrontées, feuillages, etc.
Travail italien du xvie siècle.

Long., 45 cent.

102 — Grand médaillon-pendeloque en or émaillé et cristal
fumé, enrichi de perles et de pierres de couleur. Il est orné
sur une face d'un camée en cornaline à sujet allégorique, et
sur l'autre d'une intaille également en cornaline à sujet saint.
Chainettes de suspension en or émaillé, réunies par un motif
enrichi de perles. Italie, fin du xvie siècle.

Hauteur totale, 18 cent.

103 — Bijou-pendeloque en or émaillé, enrichi de pierreries et
de perles. Il présente le sujet de l'Annonciation en ronde-
bosse. et est suspendu au moyen de deux chainettes également émaillées, dont les points d'attache se trouvent sur la
tête de deux cariatides servant d'encadrement au bijou.
Italie, fin du xvie siècle.

Haut., 8 cent.

104 — Pendeloque en forme de médaillon, en cristal, contenant
le Calvaire. Monture en or émaillé. Fin du xvie siècle.

Grand diamètre, 45 millim.

102

101

105 — Pendeloque en forme de médaillon, en or émaillé, contenant des reliques. Fin du xvi° siècle.

Grand diamètre, 5 cent.

106 — Bijou-pendeloque en or partiellement émaillé, contenant sous verre la Piéta. Il est suspendu au moyen de chaînettes enrichies de perles. Fin du xvi° siècle.

Haut., 5 cent.

107 — Rosaire orné d'une pendeloque, en or émaillé et pierreries, présentant la Vierge debout portant l'Enfant Jésus. Fin du xvi° siècle.

Hauteur du bijou, 6 cent.

108 — Statuette de paysan debout, coiffé d'un chapeau pointu et tenant un écureuil sur le bras droit, le bras gauche étant levé. Le torse est composé d'une perle baroque, le reste du corps étant exécuté en or émaillé. Il est debout sur une base oblongue à pans coupés en argent doré, enrichie de quatre petits émaux peints, à décor de figures alternant avec des vases de fleurs émaillés. Des pierres de couleur complètent la décoration de la base. Travail allemand du xvii° siècle. Attribuée à Dinglinger.

Haut., 13 cent.

109 — Bijou-reliquaire en or émaillé et cristal, à bord festonné contenant des reliques. Italie, xvii° siècle.

Haut., 7 cent.

110 — Collier en or émaillé, à maillons formés de rosaces rayonnantes. A ce collier est suspendu un Saint-Esprit en or émaillé blanc, enrichi d'un cabochon de pierre verte, et perché sur un bâton auquel sont attachées trois perles. Italie, xvii° siècle.

Longueur du collier, 70 cent.

111 — Montre en or émaillé, à boîtier orné d'un médaillon contenant un buste de femme, et se détachant sur un fond bleu chargé d'une couronne de rinceaux. Le mouvement est signé : *Estienne Oltramare*. Époque Louis XIII.

Diam., 35 millim.

CRISTAUX DE ROCHE

112 — IMPORTANT BOCAL en cristal de roche, taillé à facettes, monté en argent doré. La bordure du couvercle est ornée de mascarons et de fruits. Une figurine de guerrier lui tient lieu de bouton. Travail de Nuremberg. Poinçon de *Jacob Frohlich*. maître en 1555, juré en 1570. xvi⁰ siècle. '

Haut.. 37 cent.

113 — VASE en cristal de roche, avec couvercle et sur pied balustre. Décor de moulures. Monture en argent gravé et doré, à petites feuilles. Le bouton du couvercle est formé d'un dauphin. Italie, fin du xvi⁰ siècle.

Haut , 38 cent.

114 — VASE de forme aplatie. en cristal de roche gravé à imbrications. Bordure et base en or gravé et partiellement émaillé. Fin du xvi⁰ siècle.

Haut., 85 millim.

115 — DEUX BURETTES en cristal de roche gravé, à décor de guirlandes, oiseaux et moulures. Monture en or partiellement émaillé noir. Fin du xvi⁰ siècle.

Haut.. 14 cent.

116 — RELIQUAIRE en cristal de roche et argent doré, sur pied balustre. Il contient des reliques. Travail italien du xvii⁰ siècle.

Haut., 40 cent.

117 — COUPE avec couvercle, en cristal de roche gravé, en forme de canard, avec monture en or émaillé.

Haut., 18 cent.; larg., 21 cent.

OBJETS VARIÉS

118 — Reliquaire de forme elliptique, en cuivre, à décor de rinceaux et de cabochons de pierres de couleur. Italie. xiiie siècle.

Haut., 175 millim.

119 — Calice en cuivre partiellement doré, orné, sur le pied et la tige, de nombreux émaux translucides à sujets saints. Cette tige porte la signature : *Jachobus Guerbini desenis me fecit*. Travail italien de la fin du xive siècle.

Haut.. 24 cent.

120 — Hanap de madre, à couvercle formant coupe. Bordures fleuronnées et découpées et base en cuivre doré. Sur le couvercle, un double écusson d'armoiries, et, sur la poignée, montée également en cuivre doré, deux dauphins enroulés. Allemagne, xvie siècle.

Haut., 26 cent.

121 — Volume simulé, formant boîte, enrichi de quatorze ornements de reliure de travail italien du xvie siècle, tels que : écoinçons, fermoirs et médaillons en émail translucide sur argent à sujets saints.

Hauteur de la reliure, 22 cent.

122 — Canette de forme cylindrique en verre, avec monture en bronze ciselé et doré, à décor de mascarons, de personnages et de rinceaux. Anse ornée d'une cariatide. Allemagne, xvie siècle.

Haut.. 20 cent.

123 — Petit cabinet de forme architecturale à fronton, en ébène, décoré d'appliques en or ajouré et émaillé et de deux bas-reliefs en or à sujets saints. Il est enrichi, en outre, de colonnettes en jaspe, ainsi que de petits vases de couronnement également en or émaillé. Il contient de nombreux tiroirs extérieurs avec porte au milieu. Travail italien de la fin du xvie siècle.

Haut.. 73 cent.; larg., 62 cent.

124 — Horloge de table, de forme ronde, en bronze ciselé et doré, ornée, sur le pourtour, d'une frise présentant Orphée charmant les animaux : le dessus est décoré de fleurs. Cadran gravé et découpé présentant les mois, les signes du zodiaque et différentes indications astronomiques. Travail allemand, xvie siècle. Dans un écrin.

Hauteur totale, 15 cent. ; diam., 22 cent.

125 — Horloge de table en bronze doré, composée d'un griffon dressé au-dessus du cadran. La base, également en bronze doré, présente trois cadrans horizontaux et est incrustée dans un large socle en bois noir laissant voir le mouvement. Travail allemand, xviie siècle.

Haut., 37 cent

126 — Coffret oblong en bronze doré et argent. Chaque face offre un compartiment à sujet allégorique placé entre deux niches contenant des figurines et flanqué chacun de deux cariatides. Les bordures sont composées de rinceaux et figures. Le dessus est orné également de rinceaux et contient une petite boîte cantonnée de quatre dauphins. Italie, fin du xvie siècle.

Haut., 160 millim.; larg., 165 millim.

127 — Encrier et sablier en bronze partiellement patiné, composés chacun d'un récipient feuillagé sur lequel s'appuie un lion tenant une couronne : le tout disposé sur un plateau de forme contournée qui supporte également une sonnette gravée. Travail italien, xviie siècle.

Long., 48 cent.

128 — Petit carré en étoffe brodée de soies de couleurs, présentant deux personnages au milieu de rinceaux. xive siècle.

Larg., 25 cent.

VITRAUX

129 — Vitrail rond polychrome, présentant le sujet de l'Annonciation ; composition de quatre personnages. Au fond, le Saint-Esprit. xve siècle.

Diam., 50 cent.

130 — Vitrail rectangulaire, en couleurs, présentant le Christ vu à mi-corps, vêtu d'un manteau rouge et nimbé. Fond damassé bleu. xve siècle.

Haut., 62 cent.; larg., 17 cent.

131 — Vitrail rectangulaire polychrome. Composition de six personnages, richement vêtus de costumes civils. Fond d'architecture et de paysage. xvie siècle.

Haut., 1 mètre; larg., 56 cent.

132 — Vitrail rectangulaire polychrome, présentant un écusson d'armoiries timbré d'une mitre, disposé entre deux saints personnages. A la partie supérieure, des compositions tirées de la Bible. En bas, une inscription allemande et la date : *1577*. Travail suisse, xvie siècle.

Haut., 52 cent.; larg., 21 cent.

133 — Vitrail rectangulaire polychrome : le Portement de Croix. A la partie inférieure, un donateur en prières et les armoiries d'un prélat. A la partie supérieure, un sujet tiré de la Bible. Travail suisse, xvie siècle.

Haut., 34 cent.; larg., 26 cent.

134 — Vitrail rectangulaire polychrome, présentant un homme d'armes, debout, tenant une bannière chargée d'un arbuste et d'une croix. A la partie supérieure, deux lansquenets jouant l'un de la flûte, l'autre du tambour. Dans le carrelage, la date : *1574*. Travail suisse, xvie siècle.

Haut., 51 cent.; larg., 20 cent.

135 — Vitrail rectangulaire, présentant un chevalier tenant une
masse d'armes et ayant près de lui un écusson d'armoiries
timbré d'un casque ayant pour cimier une tête de bœuf.
A la partie inférieure, une inscription allemande et la
date : *1566*. Travail suisse, xvie siècle.

Haut., 30 cent.; larg., 23 cent.

136 — Vitrail rectangulaire polychrome, présentant un chevalier en armure, accompagné de son épouse. A la partie
inférieure, le nom et la date : *1560*. Travail suisse, xvie siècle.

Haut., 32 cent.; larg., 22 cent.

137 — Vitrail rectangulaire polychrome, présentant un homme
d'armes, debout près d'un écusson timbré d'une couronne
de marquise et ayant pour cimier un vol. En haut, deux
cavaliers agenouillés. Travail suisse, en partie du xvie siècle.

Haut., 37 cent; larg., 24 cent.

138 — Vitrail rectangulaire polychrome, présentant un lans-
quenet, vêtu de rouge, debout près d'un écusson d'armoiries.
A la partie supérieure, le martyre d'un saint. Travail suisse,
en partie du xvie siècle.

Haut., 34 cent.; larg., 25 cent.

139 — Vitrail rectangulaire polychrome, présentant un écusson
d'armoiries, timbré d'un casque de face, ayant pour cimier
deux bras armés. A la partie inférieure, une inscription allemande et la date : *1599*. Suisse, fin du xvie siècle.

Haut., 33 cent.; larg., 21 cent.

140 — Vitrail rectangulaire polychrome, présentant la Pietà
avec la Mise au Tombeau. A la partie supérieure, une
inscription allemande et, en bas, la date : *1595*. La partie
inférieure présente également deux donateurs en prières.
Travail suisse, fin du xvie siècle.

Haut., 33 cent.; larg., 21 cent.

141 — VITRAIL. rectangulaire polychrome. présentant un triple
écusson d'armoiries. timbré d'un heaume. ayant pour cimier
un lion issant. A la partie inférieure. une inscription allemande et la date : *1590*. Travail suisse, fin du xvi° siècle.

Haut., 42 cent.; larg.. 32 cent.

142 — VITRAIL. rectangulaire polychrome. présentant la Cruci-
fixion. Sur les côtés. saint Dominique et saint Jost. A la
partie inférieure. un écusson d'armoiries et deux donateurs.
Travail suisse. xvii° siècle.

Haut., 32 cent.; larg.. 21 cent.

143 — VITRAIL. rectangulaire polychrome. présentant la Vierge
de gloire portant l'Enfant Jésus. et ayant à ses côtés saint
Jacques et saint Jean-Baptiste. A la partie inférieure. une
inscription allemande et la date : *1654*. Travail suisse.
xvii° siècle.

Haut., 32 cent.; larg.. 21 cent.

144 — VITRAIL. rectangulaire polychrome. présentant la Vierge de
gloire tenant l'Enfant Jésus. et ayant près d'elle un évêque
tenant d'une main une hache et de l'autre une église. A la
partie inférieure. un nom et la date : *1619*. Travail suisse.
xvii° siècle.

Haut., 32 cent.; larg.. 21 cent.

145 — VITRAIL. rectangulaire polychrome. présentant deux écussons d'armoiries. A la partie supérieure. sujets tirés de
l'histoire de Guillaume Tell. En bas. une inscription allemande et la date : *1622*. Travail suisse. xvii° siècle.

Haut., 36 cent.; larg.. 25 cent.

146 — VITRAIL. rectangulaire polychrome. présentant un écusson
chargé du sujet de la Tentation d'Adam et d'Ève. A la partie
inférieure. une inscription allemande et la date : *1660*.
Travail suisse. xvii° siècle.

Haut., 32 cent.; larg.. 21 cent.

147 — Vitrail rectangulaire polychrome, présentant une composition tirée de la Genèse, chapitre 27 : histoire de Jacob. Travail suisse, xviie siècle.

> Haut., 30 cent.; larg., 20 cent.

148 — Vitrail rectangulaire polychrome, présentant sainte Anne, la Vierge et l'Enfant Jésus. A la partie inférieure, deux écussons d'armoiries, une inscription allemande et la date : *1643*. Travail suisse, xviie siècle.

> Haut., 31 cent.; larg., 20 cent.

149 — Vitrail rectangulaire polychrome, présentant un écusson d'armoiries dressé entre un chevalier en armure et la figure de la Fortune. A la partie supérieure, de nombreux navires. En bas, une inscription allemande et la date : *1640*. Travail suisse, xviie siècle.

> Haut., 33 cent.; larg., 21 cent.

150 — Vitrail rectangulaire polychrome, présentant un écusson d'armoiries timbré d'un casque de face ayant comme cimier un arbuste. A la partie supérieure, l'Annonciation et la Visitation. En bas, une inscription allemande et la date : *1578*. Travail suisse.

> Haut., 31 cent.; larg., 21 cent.

151 — Grand vitrail polychrome, présentant le sujet de la mise au tombeau. Composition de nombreux personnages, richement vêtus, xvie siècle.

> Hauteur totale, 1 m. 92 ; largeur totale, 1 m. 31.

BOIS SCULPTÉS

152 — Groupe-applique en bois sculpté, avec traces de polychromie, représentant la Vierge drapée et couronnée tenant l'Enfant Jésus debout sur son genou gauche. Fin du xive siècle.

> Haut., 1 m. 15.

153 — STATUETTE-APPLIQUE en bois sculpté, représentant saint
Georges, debout, en armure complète, l'épée haute, foulant
aux pieds le dragon. XVe siècle.

154 — GRAND RETABLE en bois sculpté, peint et doré, à motifs
gothiques, contenant trois figures de saints personnages,
tenant, l'un une épée, l'autre un livre, le troisième la palme
du martyre. Travail allemand, XVe siècle.

155 — STATUETTE en bois sculpté et peint, représentant sainte
Barbe, debout, tenant la tour sur la main droite et portant
sur la main gauche la palme du martyre. Fin du XVe siècle.

156 — GROUPE-APPLIQUE en bois sculpté, peint et doré, représentant la Vierge debout, couronnée et voilée, amplement
drapée et portant l'Enfant Jésus. Il est disposé dans une
niche à motifs gothiques. Travail allemand de la fin du
XVe siècle.

157 — STATUE-APPLIQUE, petite nature, en bois sculpté, peint et
doré, représentant saint Jean debout, tenant de la main
gauche le calice et bénissant de la main droite. Il est amplement drapé et a les cheveux frisés retombant de chaque côté
du visage. Fin du XVe siècle.

158 — STATUETTE-APPLIQUE en bois sculpté, avec traces de polychromie, représentant saint Florian, debout, revêtu d'une
armure et éteignant l'incendie de l'église. Travail allemand,
commencement du XVIe siècle.

159 — GROUPE en bois sculpté, représentant sainte Anne, la
Vierge et l'Enfant Jésus. Sainte Anne est assise et porte
l'Enfant Jésus nu et bénissant sur son bras droit. Près
d'elle, la Vierge, debout, offrant un fruit à l'Enfant Jésus.
Travail allemand. xvie siècle.

Hauteur totale, 75 cent.

160 — GROUPE-APPLIQUE en bois sculpté et peint gris, représentant sainte Ursule, debout, couronnée, les cheveux flottants
et accompagnée de nombreuses vierges. Travail allemand,
xvie siècle.

Haut., 1 mètre.

161 — DEUX STATUETTES-APPLIQUES en bois sculpté, peint et
doré, représentant, l'une saint Pierre, l'autre saint Paul.
Travail allemand du xvie siècle.

Haut., 1 m. 10.

162 — STATUETTE-APPLIQUE en bois sculpté, peint et doré,
représentant un saint martyr, les mains liées à un arbre et
percé de flèches ; il est vêtu d'un ample manteau et porte la
toque à la mode de l'époque. xvie siècle.

Haut., 1 m. 05.

163 — DOUZE PETITS BAS-RELIEFS en buis sculpté, présentant les
apôtres tenant leurs attributs, debout, chacun sous une
arcade. Dans un même cadre en bois. Travail flamand,
xvie siècle.

Hauteur de chaque bas-relief, 14 cent.; larg., 9 cent.

164 — GROUPE d'applique en bois sculpté, représentant saint
Martin partageant son manteau avec un mendiant. xvie siècle.

Haut., 1 m. 20.

Vente d'Yanville.

165 — Bas-relief en bois finement sculpté, dans un cadre ajouré
et également finement sculpté. Le bas-relief présente une
composition allégorique : femme étendue, richement vétue,
s'appuyant à une corne d'abondance, et la tête levée vers un
groupe d'amours tenant divers attributs.

    Le cadre, composé de rinceaux feuillagés et de trophées,
est surmonté d'un cartouche armorié, entouré d'étendards,
de casques et d'armes diverses. xvii⁰ siècle.

Haut., 45 cent.; larg. 72 cent.

166 — Buste plus grand que nature, en bois sculpté et doré,
représentant Henri IV, en armure, portant la fraise et le
collier de l'ordre du Saint-Esprit. xvii⁰ siècle.

Haut., 1 mètre.

SCULPTURES

167 — Dessus de sarcophage en terre cuite antique, présentant
une femme drapée et voilée.

Haut., 1 m. 72.

168 — Tête en marbre blanc, petite nature, de jeune bacchant
couronné de pampres. Travail antique.

    Socle mouluré en marbre blanc.

Haut., 50 cent.

169 — Groupe en pierre sculptée : la Vierge, debout, portant
sur le bras gauche l'Enfant Jésus qui tient une colombe
de ses deux mains. Elle est amplement drapée et couronnée.
France, xiv⁰ siècle.

Haut., 1 m. 12.

170 — Grand groupe en pierre sculptée, représentant la Vierge
debout, amplement drapée, couronnée, tenant sur le bras
gauche l'Enfant Jésus qui porte une colombe ; à ses pieds,
une figure de moine agenouillé et un arbuste. Travail français du xiv⁰ siècle.

Haut., 1 m. 55.

171 — STATUETTE en marbre tendre blanc, représentant une sainte femme debout, en costume civil, avec ceinture, dont une des extrémités pend jusqu'à mi-jambes, un hibou se trouve sur le côté de la tête, dont les cheveux sont maintenus par un bandeau. XVe siècle.

Haut., 47 cent.

172 — HAUT-RELIEF en pierre sculptée, présentant la Vierge debout, de trois quarts à droite. tenant l'Enfant Jésus, debout et nu, qui cherche le sein de sa main droite. France, XVIe siècle.

Haut., 1 m. 20.

173 — GROUPE en pierre sculptée : la Vierge debout, couronnée, les cheveux longs tombant de chaque côté du visage, elle tient de ses deux mains l'Enfant Jésus qui porte un nid. La Vierge est debout sur le croissant. XVIe siècle.

Haut., 1 m. 40.

174 — BUSTE en marbre blanc, grandeur nature, de personnage barbu, la tête très légèrement tournée vers l'épaule droite ; il est vêtu d'un manteau boutonné. Travail italien, XVIe siècle.

Haut., 73 cent.

175 — STATUE, grandeur nature, en marbre blanc, par *Giovanni Bandini,* représentant un adolescent debout, presque nu, tenant de la main droite un épieu de chasse et caressant de la gauche un chien assis auprès de lui. Signée et datée : IOHES BANDINVS FLORETINVS. F. 1598. Italie, fin du XVIe siècle.

Haut., 1 m. 70.

176 — STATUETTE en albâtre, représentant saint Michel debout, armé d'un bouclier et terrassant le dragon. Travail espagnol, XVIe siècle.

Haut., 90 cent.

177 — BUSTE en marbre blanc, grandeur nature, de personnage
barbu, une draperie sur les épaules, une fraise au cou.
Commencement du xvii° siècle.

Haut., 78 cent.

178 — DEUX STATUES, grandeur nature, en marbre blanc, por-
traits présumés d'Antonio Cabeza de Vaca et de Maria de
Castro, sa femme. Attribuées à *Pedro de Cuadra*, élève de
Pompeo Leoni. Ils sont représentés agenouillés sur un
coussin, les mains jointes, et sont revêtus de leurs costumes
d'apparat. Espagne. xvii° siècle.

Haut., 1 m. 55.

BRONZES

179 — BUSTE en bronze à patine brune, grandeur nature, d'adolescent, portant les cheveux courts ramenés sur le front, le
visage de face, les yeux en pâte de verre. Travail romain
antique.

Haut., 27 cent.

A figuré à l'Exposition d'art antique à Gênes, en 1892.

180 — DEUX FLAMBEAUX en bronze patiné, composés chacun
d'une douille ornée de mascarons et dressée sur une base
ronde à moulures, supportée par trois sirènes ailées. Travail
vénitien. xvi° siècle.

Haut., 17 cent.

181 — STATUETTE en bronze patiné, représentant un guerrier
de style antique, entièrement nu et brandissant un javelot de
la main droite. Travail florentin, xvi° siècle.
Socle en granit rose.

Haut., 32 cent.

182 — STATUETTE en bronze patiné de Neptune, debout sur une barque traînée par des chevaux marins. Il tient le trident de la main droite. Travail italien du xvi° siècle.

Haut., 40 cent.

183 — STATUETTE en bronze patiné, représentant un bouffon debout, la main droite s'appuyant sur le haut de la tête. Travail italien, xvi° siècle.

Base en marbre.

Hauteur de la statuette, 17 cent.

184 — STATUETTE en bronze à patine brune, d'homme nu, le bras droit levé, la tête couronnée de laurier. Travail italien, xvi° siècle.

Base en marbre de couleur.

Hauteur de la statuette, 25 cent.

185 — STATUETTE en bronze patiné, représentant un homme nu, barbu, le bras gauche étendu. Travail italien, xvi° siècle.

Haut., 40 cent.

186 — GRAND MORTIER en bronze. Il est orné de médaillons et de plaquettes, présentant des écussons armoriés, des inscriptions et des animaux. Il porte, au bord, une inscription latine et la date : *1534*. Italie, xvi° siècle.

Haut., 28 cent.; diam., 36 cent.

187 — LAMPE en bronze, formée d'un buste de satyre, disposé sur un pied en forme de patte d'oiseau. Italie, xvi° siècle.

Haut., 28 cent.

188 — PETIT GROUPE en bronze, représentant un monstre marin, supportant une statuette de Neptune, debout et nu, armé du trident. Italie, xvi° siècle.

Socle rectangulaire en granit.

Haut., 22 cent.

198

189 — STATUETTE en bronze patiné, représentant Vénus, nue et debout, le bras droit levé, ayant à ses pieds le dauphin. Italie, xviᵉ siècle.

Haut., 64 cent.

190 — GROUPE en bronze patiné, représentant Atrée debout, marchant vers la gauche et portant sur l'épaule droite le cadavre de son neveu ; à ses pieds, un bouclier. Italie, xviᵉ siècle.

Haut., 26 cent.

191 — DEUX BUSTES d'empereurs romains, grandeur nature, à têtes de bronze patiné et chlamydes de bronze doré. Travail italien, xviᵉ siècle.

Piédouches en marbre.

Haut., 76 et 77 cent.

192 — DEUX BUSTES, grandeur nature, en bronze patiné, représentant chacun un empereur romain drapé. Travail italien, xviᵉ siècle.

Piédouches plaqués de marbre.

Hauteur totale, 75 cent.

193 — STATUETTE en bronze patiné : Vénus, debout et nue, formant fontaine. Travail allemand, xviᵉ siècle.

Hauteur de la statuette, 27 cent.

194 — STATUETTE en bronze, représentant un chasseur debout, armé d'une lance et sonnant de la trompe : il porte une grande escarcelle suspendue à sa ceinture et est coiffé d'une toque. Il est chaussé de bottes molles montant jusqu'aux genoux. Travail allemand, xviᵉ siècle.

Base en bois noir.

Haut., 34 cent.

Collection Rosenheim.

6

195 — STATUETTE en bronze patiné : allégorie de l'Architecture.
sous les traits d'une femme à sa toilette, debout et nue,
le pied gauche sur un socle, s'essuyant de la main droite le
sein gauche. École de Jean de Bologne, fin du xvɪᵉ siècle.
Socle en marbre vert.

Haut., 36 cent.

196 — STATUETTE en bronze patiné, représentant Laocoon étrei-
gnant les serpents. Italie, fin du xvɪᵉ siècle.
Socle en marbre noir.

Haut., 55 cent.

197 — STATUETTE en bronze patiné : guerrier debout et nu,
d'après l'antique, tenant une épée de la main droite et une
tête humaine qu'il vient de trancher, de la main gauche.
Italie, fin du xvɪᵉ siècle.
Socle en marbre noir.

Haut., 38 cent.

198 — IMPORTANT BUSTE en bronze patiné, grandeur nature,
représentant le roi Louis XIII, vu presque de face, portant
les insignes des ordres de Saint-Michel et du Saint-Esprit.
Ses cheveux sont longs et retombent sur une fraise tuyautée.
Époque Louis XIII.
Piédouche mouluré en marbre.

Haut., 70 cent.

199 — DEUX GROUPES variés en bronze patiné, représentant tous
deux le Baptême du Christ. Italie, xvɪɪᵉ siècle.

Hauteur de l'un, 45 cent.

200 — STATUETTE en bronze, représentant un ange debout,
amplement drapé, le bras gauche levé, le bras droit ramené
de côté. Travail italien, xvɪɪᵉ siècle.
Socle en marbre.

Haut., 90 cent.

201 — STATUETTE en bronze : enfant debout et nu, faisant le
geste de tirer de l'arc. xvɪɪᵉ siècle.

Haut., 41 cent.

202 — Statuette en bronze patiné : le Tireur d'épine. Ancien travail italien.

Base triangulaire moulurée.

Haut., 20 cent.

203 — Flambeau en bronze patiné en forme de satyre agenouillé tenant du bras droit la douille porte-lumière. Ancien travail italien.

Haut., 24 cent.

204 — Deux petits chevaux couchés sur un tertre, en bronze patiné. Ils sont montés sur une base en bronze doré a rocailles. Ancien travail italien.

Larg., 2³ cent.

205 — Phénix en bronze patiné, les ailes éployées. Ancien travail italien.

Haut., 66 cent.

206 — Petit buste en bronze, à patine verte, d'enfant pleurant, la tête légèrement inclinée. Travail italien.

Piédouche en albâtre.

Hauteur totale, 21 cent.

MEUBLES

207 — Stalle à deux places, en bois sculpté, à décor de moulures, serviettes repliées, etc., avec mascarons sous les miséricordes. France, xvᵉ siècle.

Haut., 1 m. 07 ; larg., 1 m. 48.

Vente Gaillard, nᵒ 4.

208 — Coffre de mariage en bois sculpté, présentant, au centre, un écusson d'armoiries surmonté d'une tête de chérubin, placée entre deux cartouches entourés de génies ailés. Travail italien, xvıᵉ siècle.

Haut., 60 cent.; larg., 1 m. 63.

209 — GRANDE CHAIRE en bois sculpté, présentant, sur le dossier
en haut-relief, un médaillon contenant un buste de saint
André, surmonté de deux figures d'anges. De chaque côté,
des pilastres chargés de grotesques. Travail italien, xvi⁰ siècle

Haut., 2 m. 35; larg., 85 cent.

210 — COFFRE DE MARIAGE en bois sculpté, décoré d'un écusson
d'armoiries chargé d'une couronne entourée d'un serpent.
Cet écusson est placé au milieu de gros rinceaux, feuillages,
mascarons, animaux, etc. Aux angles, des sirènes ailées.
Travail italien, xvi⁰ siècle.

Haut., 70 cent.; long., 1 m. 80.

211 — DEUX GRANDES STALLES à quatre places, en bois sculpté et
marqueterie, à décor de rosaces gothiques, de feuillages,
d'enroulements, etc. Elles sont surmontées de niches couron-
nées chacune d'un gable fleuronné, avec pinacles sur les côtés.
En partie du xvi⁰ siècle.

Hauteur environ, 3 m. 20.

212 — CANAPÉ en velours rouge, orné de deux petits panneaux
en tapisserie au point, de la fin du xvi⁰ siècle, à personnages
richement vêtus, dans des jardins.

Largeur du canapé, 1 m. 30.

213 — MEUBLE à deux corps, quatre portes et quatre tiroirs, en
bois sculpté. Les portes sont décorées de cavaliers de style
antique, les montants présentent des cariatides d'hommes et
de femmes enguirlandées de fleurs. A la partie supérieure,
une frise à sujet de chasse. Fronton découpé à motifs d'architecture, cariatides, chimères, etc. Fin du xvi⁰ siècle.

Haut., 2 m. 35; larg., 1 m. 42; prof., 58 cent.

214 — STALLE à trois places, en bois sculpté, decorée, sur les
bras, de chimères. Les miséricordes sont ornées de cartouches.
xvii⁰ siècle.

Larg., 2 m. 03.

215 — COFFRE DE MARIAGE en bois sculpté et doré, décoré de
peintures. Sur la façade, des sujets saints. Sur les côtés, des
aigles. Ancien travail italien.

Haut., 1 mètre; larg., 1 m. 95.

TAPISSERIES

TAPIS

216 — Tapisserie rectangulaire flamande de la fin du xvᵉ siècle.
Elle présente plusieurs compositions à nombreux personnages richement vêtus, dont l'un, assis, vient de faire arrêter
un personnage qu'on emmène. Au second plan, la lapidation
de ce même personnage. Fond de paysage, draperies, motifs
d'architecture, etc. Bordure gros bleu à feuilles, fruits et
fleurs.

Haut., 3 m. 40 ; larg., 2 m. 90.

217 — Tapisserie rectangulaire flamande, de la fin du xvᵉ siècle,
présentant, dans des compartiments irréguliers, quatre
compositions tirées d'un roman et à nombreux personnages
très richement vêtus. Ces compartiments sont séparés par
des colonnettes et des moulures gothiques.

Haut., 3 m. 50 ; larg., 3 m. 80.

218 — Tapisserie rectangulaire flamande du commencement du
xviᵉ siècle, tissée d'or. Elle présente deux compositions
juxtaposées, séparées par une torchère enguirlandée. Une de
ces compositions figure la *Nativité* et l'autre l'*Adoration des
Rois Mages*. De nombreux personnages y sont groupés en
riches costumes et se détachent sur un fond de paysage et
d'architecture. Bordure gros bleu à mascarons, feuilles,
fleurs, etc.

Haut., 2 m. 60 ; larg., 2 m. 70.

219 — Tapisserie rectangulaire, à sujets tirés de l'histoire de
l'image miraculeuse de Notre-Dame de Sablon : une femme
emporte sous son manteau la statue de la Vierge tenant
l'Enfant Jésus, au grand désespoir d'un diacre levant les
bras au ciel. A l'une de ses mains est attaché un trousseau
de clés. La scène se passe dans une chapelle éclairée par une
large baie, à travers laquelle se déroule la seconde scène de
la légende. La même femme, aidée d'un personnage,
embarque dans un bateau la statuette qu'elle a volée. Fond
de paysage avec deux personnages. Encadrement rouge à
figures, feuillages, bustes, armoiries et devises. Bruxelles,
commencement du xvie siècle.

Haut., 3 m. 40 ; larg., 1 m. 85.

220 — Tapisserie rectangulaire flamande du xvie siècle, présentant un personnage essayant son armure et aidé dans cette
opération par plusieurs serviteurs. Fond d'architecture avec
trois autres personnages, présentant à un seigneur des objets
d'orfèvrerie.

Haut., 2 m. 70; larg., 2 m. 30.

221 — Tapisserie flamande du xvie siècle, présentant un sujet
de chasse avec un char au premier plan. Ce char est monté
par des femmes faisant de la musique, et à qui on porte des
fruits. Fond de verdure avec collines et habitations. Large
bordure blanche à figures, fruits, fleurs, feuilles et portiques.

Haut., 3 m. 35 ; larg., 2 m. 50.

222 — Tapisserie rectangulaire, à angles coupés dans le bas, de
travail français du xvie siècle, présentant une allégorie du
mois de Février, figuré par des personnages se chauffant à
un foyer, des femmes filant, des enfants jouant, des paysans
abattant du bois, avec figure de femme richement vêtue
au centre. Cette composition est placée dans un médaillon
ovale, entouré des signes du Zodiaque. Dans les angles,
sujets relatifs aux vents et aux frimas. Bordure de fruits,
fleurs, rubans, escargots, etc.

Haut., 4 m. 25 ; larg., 4 metres.

223

223 — TAPISSERIE rectangulaire française du XVIe siècle. présentant une allégorie du mois de Juillet, figuré par des paysans
occupés à la moisson, avec vue de ville à l'arrière-plan.
Cette composition est placée dans un large médaillon ovale.
encadré des signes du Zodiaque. Dans les angles sont représentés les maux de l'humanité, avec les légendes : febres.
quinantie, pestilence et plevresis. Bordure de fruits. fleurs.
feuilles, mascarons. escargots. etc.

Haut., 4 m. 40 ; larg.. 4 mètres

224 — Tapisserie rectangulaire flamande du commencement du
XVIe siècle, présentant deux compositions juxtaposées. séparées par un pilastre. Dans cette composition figurent de
nombreux personnages en costumes civils. assistant à la
présentation de cadeaux à une reine et au couronnement de
la même souveraine. Bordure gros bleu à fruits et feuilles
avec rubans.

Haut., 3 m. 20; larg.. 3 m. 55

225 — TAPISSERIE rectangulaire flamande du XVIIe siècle. présentant le Jugement de Salomon. Composition de nombreux
personnages richement vêtus. sur fond d'architecture avec
draperie. Large bordure à rinceaux, fleurs et oiseaux.

Haut., 3 m. 80; larg., 4 m. 40.

226 — TAPIS d'ancien travail polonais. à décor géométrique de
feuilles stylisées et rinceaux. Bordure blanche également à
fleurs.

Haut., 2 m. 65 ; larg., 1 m. 75

VITRINES

227 — Vitrine murale, en bois noir et bronze, avec partie antérieure plate et tablette d'entrejambes.

Haut., 1 m. 55; larg., 1 m. 05

228-232 — Cinq vitrines plates, variées, en cuivre et glace. (Seront divisées.)

233-234 — Deux vitrines murales à fond de glace, montées en cuivre, à coins arrondis et fermant à une porte.

Haut., 1 m. 75; larg., 93 cent.; prof., 35 cent.

235-239 — Cinq vitrines murales à fond de glace, montées en fer, à coins arrondis et fermant à une porte.

Haut., 1 m. 75; larg., 93 cent.; prof., 35 cent.

240 — Vitrine murale en bois sculpté, ouvrant à une porte. Elle est montée sur une base en bois, décorée de deux têtes, de travail italien.

Haut., 2 m. 40; larg., 1 m. 30; prof., 49 cent.

www.ingramcontent.com/pod-product-compliance
Ingram Content Group UK Ltd.
Pitfield, Milton Keynes, MK11 3LW, UK
UKHW031844170726
13836UKWH00004B/1874

9 782329 477848